Alma Flor Ada · F. Isabel Campoy

El nuevo hogar de los siete cabritos

ILUSTRACIONES DE

Vivi Escrivá

ALFAGUARA
INFANTIL

© Del texto: 2002, Alma Flor Ada y F. Isabel Campoy
© De esta edición:
2002, Santillana USA Publishing Company, Inc.
2105 NW 86th Avenue
Miami, FL 33122

Alfaguara es un sello editorial del **Grupo Santillana**.
Éstas son sus sedes:
Argentina, Bolivia, Chile, Colombia, Costa Rica, Ecuador, El Salvador,
España, Estados Unidos, Guatemala, México, Panamá, Perú, Puerto Rico,
República Dominicana, Uruguay y Venezuela.

ISBN: 1-58105-755-5

Lengua B: *El nuevo hogar de los siete cabritos*

Dirección editorial: Norman Duarte
Cuidado de la edición: Jesús Vega

Dirección de arte: Felipe Dávalos
Diseño: Petra Ediciones
Letreros: Felipe Dávalos

Ilustración de cubierta: Vivi Escrivá

Published in the United States of America.
Printed in Colombia by D'vinni Ltda.

10 09 08 07 06   3 4 5 6 7 8 9 10

Para Stephen, Thomas y Julisa Cummins, compartiendo el mundo mágico de las palabras.

Planos de la casa

La Señora Cabra necesita una casa nueva.
La Señora Cabra necesita una casa grande.
Una casa grande para una familia grande.
La Señora Cabra tiene muchos hijitos.
Cabrita Primera,
Cabrito Segundo,
Cabrita Tercera,
Cabrito Cuarto,
Cabrita Quinta,
Cabrito Sexto
y Cabrita Séptima.
La Señora Cabra y sus siete cabritos son
una gran familia de ocho.

El arquitecto Cerdito Primero le muestra a
la Señora Cabra los planos de su nueva casa.
El arquitecto dibujó los planos.
A la Señora Cabra le gustan los planos.
El arquitecto dice: —Tendrá todo lo que necesite.
La Señora Cabra dice: —Necesito mucho espacio.
Espacio para cocinar. Espacio para descansar.
Espacio para que siete cabritos puedan estudiar y
jugar, leer y dibujar, cantar y ser felices.
El arquitecto responde: —Lo tendrá.
La Señora Cabra dice: —¡Qué bueno que encontré
la olla de oro al final del arco iris!

Comedor

Cocina

Lavandería

Baño

Sala

Cuarto de estar

Entrada

Portal

Arquitecto Don Cerdo I

Plano del primer piso

**Baño de
los cabritos**

**Dormitorio de
los cabritos**

**Baño de
las cabritas**

**Baño de la
Sra. Cabra**

**Dormitorio de
las cabritas**

**Dormitorio de
la Sra. Cabra**

Arquitecto Don Cerdo I

Plano del segundo piso

La casa nueva

A los siete cabritos les
gusta mucho su casa nueva.
La casa es blanca,
con un tejado rojo.
Tiene dos pisos.
Tiene una puerta grande
de color café, cuatro
ventanas azules y un portal.
Y, ¡qué bonito jardín!

De compras

La nueva casa está vacía.
No tiene muebles.
La Señora Cabra y sus siete
cabritos van de compras.
Van a la mueblería.

BLERÍA
VENTA ESPECIAL

Los mejores muebles
Fabricados con cuidado
Los mejores precios
¡Compre ahora!

Muebles de sala y de comedor

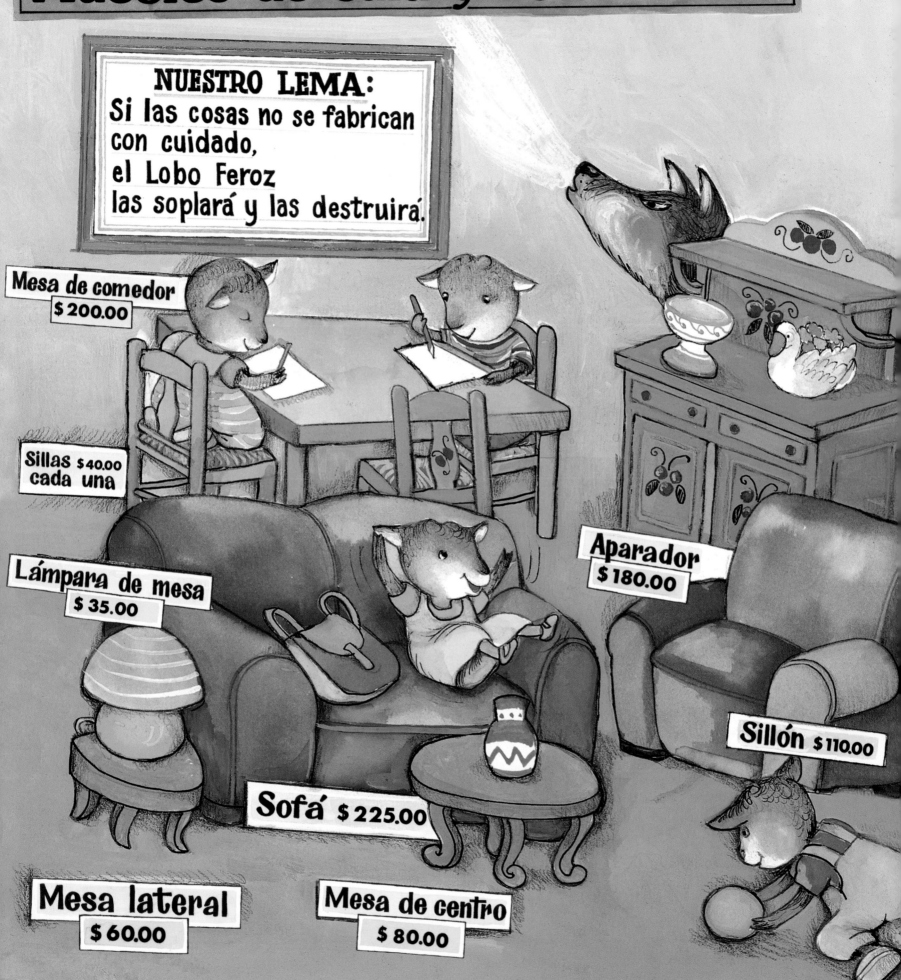

NUESTRO LEMA:
Si las cosas no se fabrican con cuidado,
el Lobo Feroz
las soplará y las destruirá.

Mesa de comedor
$200.00

Sillas $40.00
cada una

Lámpara de mesa
$35.00

Aparador
$180.00

Sillón $110.00

Sofá $225.00

Mesa lateral
$60.00

Mesa de centro
$80.00

—Buenos días, Señora Cabra —dice el Cerdito Segundo.

—Buenos días —contesta la Señora Cabra.

—Buenos días. Buenos días. Buenos días. Buenos días. Buenos días. Buenos días. Buenos días. Buenos días —dicen los siete cabritos.

Lámpara de pie
$ 50.00

Mecedora
$150.00

MUEBLES DE DORMITORIO

Cama de matrimonio
$ 300.00

Mesita de noche
$ 75.00
cada una

Escritorio
$ 125.00

Cama individual
$ 150.00

Litera
$ 200.00

—¡Cuánto dinero se necesita para comprar muebles! —dice la Señora Cabra.
—¡Qué bueno que encontré la al final del arco iris!

La Señora Cabra y sus siete cabritos entran a la tienda de artículos electrodomésticos.

ELECT

TRUENO
Y
TORMENTA

Todo lo necesario para el hogar

Lavadoras

Radios

Microondas

Aspiradoras

Televisores

Planchas

Cerdito Tercero saluda a la Señora Cabra.
—Buenas tardes, Señora Cabra. ¿Cómo está?
—Muy bien, gracias. ¿Y usted? —responde
la Señora Cabra.
—Bien, gracias —responde el Cerdito
Tercero con una sonrisa.
El Cerdito saluda a los cabritos:
—Buenas tardes.
—Buenas tardes, Señor Cerdo —dice
Cabrita Primera.
—Buenas tardes, Señor Cerdo —dice
Cabrito Segundo.
—Buenas tardes. Buenas tardes. Buenas
tardes. Buenas tardes. Buenas tardes
—dicen los otros cinco cabritos.

TELEVISORES, CÁMARAS, GRABADORAS

**Grabadora
"Por siempre jamás"
$ 90.00**

**Cámara de video
"Había una vez"
$ 450.00**

**Reloj
"Siempre a tiempo"
$ 55.00**

**Televisor marca
"De Colores"
$ 350.00**

**Radio
"Son y salsa"
$ 85.00**

La Señora Cabra termina sus compras.
Cerdito Tercero la acompaña hasta la puerta.
Le dice: —Muchas gracias, Señora Cabra.
Mañana se lo llevaremos todo.
La Señora Cabra responde, suspirando:
—Gracias. ¡Cuánto dinero! Menos mal
que había bastantes monedas de oro
en la olla al final del arco iris.
Cerdito Tercero dice:
—Adiós. Hasta la vista.
Cabrita Primera dice:
—Adiós, Señor Cerdo.
Los otros cabritos dicen: —Adiós.
Adiós. Adiós. Adiós. Adiós. Adiós.

La comida

—¡Vamos a comer! —dice la Señora Cabra.
Los siete cabritos responden.
—¡Sí! —dice Cabrita Primera.
—Claro que sí —dice Cabrito Segundo.
—¡Qué buena idea! —dice Cabrita Tercera.
—¡Fabuloso! —dice Cabrito Cuarto.
—¡Maravilloso! —dice Cabrita Quinta.
—¡Sí, vamos! —dice Cabrito Sexto.
—¡Ahora mismo! —dice Cabrita Séptima.
Y los ocho, la Señora Cabra y sus siete
cabritos, se van felices al restaurante.

MENÚ

Barriga llena, corazón contento.
Comida sana, corazón sano.

SOPAS

Sopa de setas
Sopa de maíz
Sopa de zanahoria

ENSALADAS

Ensalada de lechuga y tomate
Ensalada de zanahoria
   y manzana
Ensalada de frutas

POSTRES

Torta de frutas
Torta de zanahoria

Helados
Helado de piña
Helado de fresa
Helado de mango

Mamá Coneja les pregunta:
—¿Qué quieren comer?
La Señora Cabra pide:
—Sopa de setas y ensalada de lechuga
y tomate, por favor.
Cabrita Primera pide:
—Ensalada de zanahoria y manzana
y un helado de mango.
Los otros seis dicen:
—Para mí también. Para mí también.
Para mí también. Para mí también.
Para mí también. Para mí también.
—¡Qué sencillo! —dice Mamá Coneja.
Y se va a traerles lo que han pedido.

¿Qué te gustaría comer a ti?